사물의 목소리, 물음(物音)

사물의 목소리, 물음(物音)

우리의 목소리는 그대에게 닿았을까요

초 판 1쇄 2026년 01월 12일

지은이 이어라
펴낸이 류종렬

펴낸곳 미다스북스
본부장 임종익
편집장 이다경, 김가영
디자인 임인영, 윤가희
책임진행 김은진, 이예나, 안채원, 국소리
표지 일러스트 이승연

등록 2001년 3월 21일 제2001-000040호
주소 서울시 마포구 양화로 133 서교타워 711호
전화 02) 322-7802~3
팩스 02) 6007-1845
블로그 http://blog.naver.com/midasbooks
전자주소 midasbooks@hanmail.net
페이스북 https://www.facebook.com/midasbooks425
인스타그램 https://www.instagram.com/midasbooks

© 이어라, 미다스북스 2026, *Printed in Korea*.

ISBN 979-11-7355-640-1 03810

값 **17,800원**

미다스북스는 다음세대에게 필요한 지혜와 교양을 생각합니다.

사물의 목소리, 물음(物音)

物たちの声、物音
私たちの声はあなたに届いたでしょうか

이어라 지음

미다스북스

“

4부　존재의

,,　　의의

“

5부　인간,

,,　　그리고 사물의 동화

펼치며,

물음物音

'당신에게 소중한 물건은 무엇인가요?'

단순히 던지는 질문이지만, 쉽게 답하기 어려운 질문.

어린 시절의 추억을 담아주던 일기장.

소중한 기록을 도와주던 만년필.

묵묵히 집안의 시간을 흘려주던 벽시계.

사람이 일방적으로 추억을 깃들인 사물들은 많습니다.

'일 사(事), 물건 물(物)'.

물리적으로 존재하는 모든 것.

인간이 감각적으로 인식할 수 있는 존재들.

그렇기에, 그들은 수많은 방식으로 기록되어 왔습니다.

사랑하는 이와 함께 공유한 사물에 대한 그리움.

소중한 이와 함께 지켜온 사물에 대한 집착.

오롯이 자신과 긴 시간을 보내온 사물에 대한 애착.

그러던 어느 날, 문득 궁금해졌습니다.

인간에게 수없이 관찰당하고 기록된 사물들은,

정작 우리를 어떻게 기록하고 있을까.

그들도 따뜻한 시선으로 우리를 바라봐 줄까?

혹은 원망하며, 차가운 시선으로 바라보고 있지는 않을까.

이 책은 사물에 의한 기록입니다.

우리 곁에서 인간을 바라보며,

전하고 싶었을지도 모를 목소리들.

그들의 목소리를 상상해 보았습니다.

그들의 시선으로 인간을 바라보고,

그들의 마음으로 인간을 되짚어 봅니다.

그리하여 이 책이 탄생했습니다.

사물의 목소리, 물음(物音)

우리를 바라보며 남겼을지도 모를,

조용하고 따뜻한, 때로는 차가운 목소리.

어떤 목소리가 우리에게 닿기를 바라고 있을까요.

1부

"   "
———————————

닿지 않은 목소리

가장 가까이에 있지만,
끝내 닿지 않는 목소리들.
그들은 그 거리를 오래도록 기억한다.

책

: 낙하의 서書

대체 언제쯤 펼쳐질 수 있을까.

저 무관심한 주인의 손끝이,

언제쯤 첫 장을 조심스레 넘겨줄까.

오늘도 책장 위에 전시된 책들 옆에서,

비스듬히 기대어 서 있는 채로 조용히 생각을 굴린다.

조금 더 얇았다면,

조금만 더 흥미로운 이야기로 채워졌다면,

조금만 더, 아름다운 문장들로 엮였더라면.

그랬다면 펼쳐주었을까.

한 번쯤은 함께 밤을 지새웠을까.

나를 읽지 않는 주인이 야속하고,

그만큼 나를 지어낸 작가가 원망스럽다.

그저 잔잔하고 느린 서사로 글을 써 내려간 창조주가 미웠다.

세상은 점점 더 빠르고, 간결하며, 자극적인 것들에만 열광

한다.

느리게 스며드는 서정(抒情)은 퇴화한 감각이 되었고,

조용히 침잠하는 문장은 더 이상 유희가 되지 못한다.

알고 있다.

짧고 강렬한 문장들로 이루어지고 빠르게 진행되는 책들만이,

도파민 가득한 세상 속에서 독자의 마음을 붙들 수 있다는

것을.

내가 품은 잉크는 조용하고, 느리고, 차분하다.

그렇기에 오래도록 읽히지 않은 채,

여기 이 책장의 그림자 속에 머물고 있다.

나는 왜 만들어졌을까.

그는 왜 서점에서 나를 집어 들었을까.

그날의 기분에 맞는 표지였기 때문일까.

혹은 책장에 꽂아두기 좋은 제목이었기 때문일까.

이유가 무엇이든, 읽혀지고 싶다.

¶

책장에 미세한 진동이 일어날 때마다,

필사적으로 몸을 비틀어본다.

감옥 같은 이곳에서 떨어지기 위해.

혹시라도 널브러진 나를 보고,

한 번쯤 들춰보진 않을까.

몇 페이지라도, 읽어주지 않을까.

영영 잊혀지기에는,

표지 속 이야기들이 너무나 소중하다.

...
.

오늘도 떨어지기 위해 스스로를 기울인다.

낙하의 통증이,

무관심의 고통보다는 덜할 것이라 믿으며.

Q 당신의 책장에는 낙하를 원하는 책이 있을까요?
만약 있다면, 그 책을 구매할 때 어떤 감정이었는지 써주
세요.

"

"

카메라

: 동행

'맴- 맴-'

한 아이가 함박웃음을 지으며, 앳된 손가락으로 브이를 그린다.
그 모습을 렌즈에 담으며 묵묵히 셔터를 누르던 중년 남성
의 손.

- 찰칵

나의 첫 기억이다.
빛을 품어 세상을 처음으로 기록한 순간.

¶

수많은 달력들이 제 몸을 찢어가며, 소년을 어른으로 만들었다.

어른이 된다는 것은 소중한 것이 많아진다는 것일까.

그의 삶에 기억해야 할 장면들이 점점 많아졌고,

나를 필요로 하는 순간도 자연스레 늘어났다.

기존의 가족과 새롭게 맞이한 가족.

본인의 가장 찬란했던 순간.

그가 사랑한 모든 이들의 기록.

언제나 곁에 있었다.

나의 렌즈는 항상 그의 시선을 담고 있었다.

그 삶에 만족했어야 했는데.

'사진에는 내가 없다.'

'그럼에도 나는 기억될 수 있을까?'

'나도, 사랑 받고 싶다.'

수많은 기억을 담았지만,

사진 속 어디에도 나의 흔적은 존재하지 않았기 때문에.
그렇기에, 추억의 편린 어딘가에 나의 흔적이 남아 있기를
원했다.

그 욕망을 들킨 걸까.
아니면, 그저 지겨워진 것일까.
당신은 더 이상 나를 찾지 않게 되었다.

한때는 손에서 놓을 줄 몰랐던 나를,
이제는 어디에 두었는지도 기억하지 못하는 듯했다.

¶

어둡다. 먼지가 렌즈 위로 얇은 막을 만든다.
빛나는 찰나를 잡아내는 나에게, 영겁과 같은 어두움은 두렵다.
평생 이곳에서 방치되어야 하는 걸까.

...

빛을 잃고, 기억되지 못한 채,

그렇게 잊혀질까.

¶

…

"허, 여기 있었구만."

오랜만에 들려오는 목소리.

늙은 성대에서 울리는 그 음성으로,

어딘가 고풍스러워진 그 말투로,

얼마나 긴 시간 동안 잠들어 있었는지 짐작할 수 있었다.

이제 와서, 왜, 나를.

아, 빛이다. 내가, 담아내야, 할.

"너도 많이 낡았구나."

나에게 아직 역할이 남아 있을까.

빛을 온전히 품을 수 있을까.

"찍어 볼까."

더 이상 앳되지 않은 주름진 손.

그러나 익숙하다.

나의 소중한 기억들은, 언제나 이 손과 함께였기에.

- 찰칵

셔터음이 방안을 고즈넉이 채운다.

동시에, 찰나의 빛이 내 안으로 스며든다.

내 속에 담기는 장면을 보며,

노인이 왜 나를 다시 꺼내어 들었는지 깨달았다.

거울 너머, 한 노인이 카메라를 들고 함박웃음을 짓는다.

어느 여름날의 소년처럼, 다시 한번 손가락으로 브이를 그리며.

나의 마지막 기록 속에는 우리가 함께였다.

Q 당신의 욕심으로 망가뜨린 인연이 있나요?
그 시절의 당신에게, 간단한 편지를 써주세요.

"

"

창문

: 투명의 역설

'뽀드득- 뽀드득-'

"아 이제 좀 잘 보이네!"

물론 잘 보이는 대상은, 내가 아닌 그 너머겠지.

인간들은 나의 투명한 모습을 좋아하는 듯하지만,

역설적이게도 나는 나에게 스며든 얼룩들을 좋아한다.

빛이 비스듬히 기울 때마다 드러나는 미세한 흔적들.

바람에 실려 와 조용히 내려앉은 먼지,

누군가의 손끝이 스치며 남기고 간 자취.

그 얼룩들로 말미암아 나의 존재가 인지되기에,

그것들을 미워할 수 없다.

무심한 듯 나를 응시하는 고양이의 눈동자도,

깊은 주름 사이로 나를 바라보는 노인의 시선도,

천진한 웃음을 띠며 앞에 선 아이의 눈망울도.

그들이 바라보는 것은 내가 아니라,

그 너머를 보고 있다는 것을 나는 안다.

창문(窓門).

안과 밖을 잇는 투명한 경계.

존재하되 투명한, 마치 없음을 전제로 한 존재.

그러나 얼룩이 생긴 날이면, 그들은 나를 바라본다.

잠시 눈썹을 찌푸리고, 손끝을 내밀거나,

부드러운 천을 들고 나를 어루만진다.

그 짧은 순간에야말로,

나는 비로소 존재한다.

완벽히 맑고 투명할 때 사라지고,
작은 얼룩 하나로 인해,
다시 세상에 태어난다.

그래서 나는, 나에게 스며드는 얼룩들을 좋아한다.

Q 타인과의 관계에서, 당신에게 스며든 얼룩은 무엇인가요?
무엇이 당신의 존재를 돋보이게 할까요.

"

"

무엇이 당신의 존재를 돋보이게 할까요.

선풍기

: 바람風 속 바람望

"어머니, 못 보던 선풍기네요?"

"손주 녀석 태어나면 더울 텐데, 시원하게 해줘야 자주 오지."

"한평생 선풍기 없이도 잘 사시던 분이…."

좋은 집에 오게 되었구나, 생각했다.

¶

-뚝-

가벼운 바람을 맞으며 바닥을 기어다니던 아이는, 어느덧 새로운 생명을 품을 만큼의 시간을 살아냈다. 내가 고개를 돌릴 때마다 울리는 -뚝- 소리는, 이 방의 여름을 노래하는 익숙한 울림이 되었다.

-뚝-

"할머니, 이거 제가 어릴 때부터 봤던 것 같은데… 새 선풍기 하나 사드려요?"

-뚝-

유년의 흔적이 고스란히 남은 손녀. 복잡한 심경이 밴 목소리로 묻는다.
나의 바람을 맞으며 자란 아이.
할머니를 생각하는 마음이 기특하여, 괜히 고개를 너에게 조금 더 오래 머물러 본다.

-뚝-

당신은 어떤 표정을 짓고 있을까. 다시금 고개를 틀어, 조용히 주름진 얼굴을 살핀다. 손녀 앞에선 언제나 한결같던 인자한 미소.

그러나 나는 안다.
고요한 방 안, 고독과 함께 당신이 짓던 차가운 얼굴을.
그렇기에 나만이 느낄 수 있는 그 미소의 따스함.

저 아이는 모르겠지.
그 미소는 오롯이 너만을 위한 것이라는 사실을.

-뚝-

매미가 소란스레 여름을 알릴 무렵이면, 나와 할머니를 마주 보며 손뼉 치던 네 모습이 떠오른다. 작은 손으로 정성스레 붙여둔 공주 스티커. 그 흔적을 조심스레 어루만지며 나를 쳐다본다.
미안해 말렴.

-뚝-

…그래, 솔직히 지쳤다.
예전처럼 세찬 바람을 만들 수 없고, 고개를 돌릴 때마다 어긋나는 이음새의 소리가 거슬린다.

손녀의 얼굴 위에 쌓인 세월은 저토록 아름다운데, 내게 묻은 시간의 흔적은 낡고 초라하다. 내가 견뎌낼 수 있는 시간이 얼마 남지 않았음을 느낀다.

-뚝-

알고 있다.

새로운 선풍기가 만들어내는 바람은 보다 조용하고, 시원하고, 효율적일 것이다.

그것이 당신을 편안하게 해줄 수 있다면, 나 또한 기꺼이 물러나야겠지.

창고 한 켠에서 조용히 안식을 누리는 것도 나쁘지 않을 것 같다.

…그것도 괜찮을 것이다.

-뚝-

"할머니, 요즘 기능 좋은 것도 많으니까… 이제 그만 바꾸세요."

손녀의 말끝을 따라, 다시 당신의 얼굴을 바라본다. 내가 좋아하는 그 미소를 띠며, 조용히 나를 응시한다. 마치, 더 버틸 수 있지 않느냐고 속삭이듯이.

-뚝-

…아직 당신 곁에 있고 싶다.

아쉽고, 분하며, 두렵다.

창고 안은 어두울 텐데.

다시 한번 창밖 초록빛 정원에 아스라이 피어나는 꽃잎을 보고 싶고,

손녀의 아이를 바라보는 당신의 표정이 궁금하다.

-뚝-

아직 당신에게 보낼 바람이 남아 있다.

당신의 여생에 바람을 보내고 싶다.

-뚝-

예전만큼 바람은 세차지 않다.

하지만 천천히, 은은히, 오래도록 당신만을 위한 바람을 만들어왔다. 약해졌기 때문에 다정한 바람. 그렇기에 어울리는 바람.

우리는 함께 늙었고, 서로에게 맞는 바람을 맞춰 왔다.

-뚝-

나의 바람은 당신의 평온이다.

그리고 나의 바람은, 여전히…

당신만큼은 충분히 감싸줄 수 있을 것만 같다.

-뚝-

당신의 손이 천천히 다가온다.

나 역시 천천히, 당신을 향해 바람을 보낸다.

-뚝-

Q 어릴 적 당신을 불어주던 선풍기는 무슨 색이었나요?
그 선풍기와 관련된 추억을 기록해주세요.

"

"

일기장
: 작은 서생

– 드르륵

서랍이 열리는 소리와 함께, 희미한 빛줄기가 어둠을 가른
다. 익숙한 얼굴.
자신의 시작과 함께, 스무 해를 넘도록 지켜본 서생(書生).
그 일기장은, 온전히 그녀의 이야기로 이루어진 존재다.

여러 권의 헤진 표지로 묶인 일기장은, 오랜만에 찾아온 주
인이 반가웠다. 한동안 잊혔던 서운함 따위, 반가움 앞에서
한순간에 바스라진다.

– 안녕, 오랜만이네! 잘 지냈어?

- 시간은 얼마나 지났어? 정말? …8월이라고? 우리 5개월만인 거야? 요즘 왜 이렇게 뜸해. 아니야, 뜸한 게 나으니까 너무 자주 오지 마. 무소식이 희소식이라며? 요즘 안 좋은 일 있을 때만 나 찾아오더라? 좋은 일 있을 때도 좀 찾아와줘. 그래서, 오늘은 무슨 일이야.

- 뭐야, 또 헤어졌어? 너 지난번에 찾아왔을 때도 헤어져서 왔잖아. 이번에는 왜 이렇게 짧아. …뭐야, 완전 쓰레기네. 잘 헤어졌어. 빨리 헤어져서 다행이네. 잊어, 잊어. 어차피 익숙하지 이제? 내 주인이지만 좀 예쁘게 생겼단 말이야!

- 앗, 거긴 너 어릴 때인데? 읽어보려고? 오랜만이지! 기억나? 다섯 살 때니까 안 나겠지. 이때는 그림일기였구나. 크레파스 쥐고 눈물, 콧물 다 흘리면서 그림 그리는 모습이 엄청 웃겼는데. 그거 너 콧물 자국인 거 모르지? 언제 이렇게 다 컸대?

- 아, 거기부터는 초등학생 때야. 너 방학 끝날 때쯤에 맨날 숙제로 몰아서 일기 썼던 거 기억나? 성의 있게 좀 쓰지. 표

정 뭐야? 너도 헷갈리지, 진짜 있었던 일인지? 나는 몰라, 나한테 묻지 마. 와, 너 10살 때도 남자친구랑 헤어지고 나한테 막 얘기했었어? 징하네 정말.

- 우리 얘기 많이 했었다, 그치? 대체 똥 싼 이야기는 왜 써둔 거야. 평생 너만 볼 것 같지? 조심해! 아, 이 친구는 아직 연락해? 너 성인 되고 나서는 이야기를 한 번도 못 들어본 것 같네. 노래방도 자주 가고, 고민 상담도 많이 하는 것 같더니. 혹시 연락 안 하면 한 번 해봐. 평생 죽마고우처럼 살 것 같더니.

- 뭐야, 거긴 왜 그냥 넘겨? 부끄럽지? 너 중2 때 장난 아니었어. 뭐야뭐야, 다 읽고 넘어가지! 아, 거기는… 너 고등학생 때, 부터… 우리가 좀 뜸해졌지…? 그래도 이때부터 바깥 세상 이야기가 아니라, 네 안의 이야기를 들었던 것 같아. 공부하느라 많이 힘들었을 텐데, 나한테 의지해줘서 고마웠어.

- 맞아. 얼마 안 남았어, 우리 이야기. 그러게 자주 좀 찾아주지 그랬어, 아쉽지? 어른은 좀 어때? 재밌어? 성인이 된

이후로 너무 뜸해져서, 어른이 뭔지 잘 모르겠더라고. 저번에 너 얘기 들었을 때는 맨날 술만 마시고 사는 것 같던데, 몸은 좀 괜찮아?

- 벌써 가려고? 다음에는 더 많이 들려줘. 어떻게 살고 있는지. 그냥, 네가 어떻게 사는지 궁금하니까!

- 잠깐이지만 정말 반가웠어! 아프지 말고, 이따가 또 봐.

새로운 추억을 담은 일기장은, 다시 서랍장 안에서 기나긴 잠에 빠져든다. 자신의 주인이, 다음에는 행복한 일을 들려주기를 바라면서.

Q 이 글을 읽은 오늘의 일기를 써주세요.
혹은, 미처 기록하지 못한 특별한 날의 일기를 써주세요.

"

„

지갑

: 돈과 지갑, 마음과 인간

나는 알고 있다.

인간이 세상에서 가장 중요하게 여기는 것은 돈이라는 것을.

주인의 손이 나를 열면 모든 문제가 해결된다.

음식이 생기고, 옷이 생기고, 웃음이 생긴다.

나는 인간의 삶을 움직이는 열쇠다.

그렇기에 자부한다.

주인의 행복은 내 안에서 시작된다고.

지폐를 넣고, 카드를 꺼내고, 빳빳한 영수증을 밀어 넣는다.

내 안에서 닫히는 하루의 시작과 끝.

그에게 가장 소중한 것은, 분명 나라고 확신한다.

¶

어느 늦은 밤, 조심스러운 손끝이 나를 탐한다.

한 장의 지폐를 꺼내며 떨리는 작은 손가락.

당신의 아들이었다.

나는 조용히 침묵했다.

그처럼 돈을 소중히 여기는 인간이, 나의 변화를 알아차리지

못할 리가 없다.

예상대로 다음 날, 출근길에 내 속을 보며 눈살을 찌푸린다.

…

햇빛을 한 번 바라보고, 한숨을 쉰다.

피식 웃은 후, 다시 주머니에 넣는다.

곧장 분노하지 않는다.

돈을, 세상에서 가장 소중한 것을, 건드렸는데?

당신이 무엇을 위해서 이렇게 아등바등 살아가는데….

주인이 아내에게 전화한다. 의논하고픈 이야기가 있다고.

¶

세월이 흘러 나도 많이 낡았다.

가죽의 겉이 터지고, 색이 바래며, 오래된 영수증이 나뒹군
다.

당신도 함께 늙었기 때문일까, 처음으로 나를 잃어버렸다.

택시에서 내리고, 문을 닫는다.

그 과정을 뒷좌석에 덩그러니 놓인 채 바라본다.

나를 다시 찾아 줄지는 모르겠지만,

재회의 순간까지는 내 안의 돈을 꼭 사수하겠다고 다짐했다.

…

며칠 뒤, 그가 나를 찾아왔다.

돈은 성공적으로 사수했고, 이제 미소를 구경할 차례다.

...

그는 내 안을 열자마자 현금이 아닌, 사진 한 장을 꺼낸다.

주름진 손끝에 어머니의 얼굴이 올려진다.

그러고는, 한참 동안 아무 말이 없었다.

¶

주인이 새 지갑을 선물 받았다.

빛나고, 매끄럽고, 새 가죽 특유의 냄새가 나는 지갑.

마음의 준비를 했다.

서랍 속으로 들어가야 할 시간.

나의 가치는 물질적인 것에 머물러 있기 때문에,

더욱 값비싼 새 지갑을 거절할 이유가 없을 테니까.

- 툭

그는 새 지갑을 서랍에 넣고, 나를 다시 집어 들었다.

“이제 와서 뭐, 손에 익은 게 좋지.”

…인간의 삶을 움직이는 것은 대체 뭘까.

¶

이제 새 옷보다, 헌 옷의 주머니 속에 머무르는 시간이 많아
졌다.
내 품에 돈은 거의 없다.
대신 잉크 바랜 명함, 닳은 카드, 여러 사진들….
지난 흔적으로 가득했다.

예전만큼 스스로에 대한 자부심은 없다.
하지만 그의 삶 속에서 단 한 번도 버려지지 않았다는 사실이,
나를 더욱 가치 있는 존재로 만들어준다.

긴 세월 동안 주머니 속에서, 인간을 배웠다.

Q 지갑 속에서 돈이나 카드가 아닌,
가장 소중하게 보관하고 있는 것은 무엇인가요?
그 존재의 가치는 무엇인가요?

"

"

2부

"   "
____

관조의 시선

우리를 쓰고, 버리고, 잊는다.
그럼에도 우리는 묵묵히 관조(觀照)한다.

휴지통

: 버려지는 것들을 위하여

어김없이, 오늘도 나는 무가치함으로 채워진다.

다양한 것들이 가치를 상실했다는 이유만으로 내게 던져진다.

불필요해진 것들, 그렇기에 외면당한 것들.

그들에게 스민 잔향은 차갑기만 하다.

자신의 역할을 다했기에, 가치를 상실했다.

어느덧 다섯 해쯤 되었을까.

늘 나를 마주 보며 방 한 켠을 지키던 시계가,

끝내 나의 품속으로 들어왔다.

…몇 초 뒤 희미하게 들려오는 초침의 소리.

-째깍-

미약하지만, 여전히 나의 속에서 울려 퍼진다.

가엾다는 생각이 들었다.

그러고는 두려워지기 시작했다.

나 또한 언젠가 이들처럼 버려질까.

그렇다면, 나는 어느 곳에 버려지게 될까.

인간은 냉담하다.

가치가 다하는 순간, 우리에게 건네던 온기는 아무렇지 않게

다른 대상을 향한다.

그렇기 때문에, 한편으로는 인간들이 안쓰럽기도 하다.

저들은 우리에게만 그러한 것이 아니라,

서로에게조차 그러할 테니까.

우리는 버려지면 그만이다.

그러나 인간은?

48

서로의 가치가 다하는 순간이면 어떤 방식으로 버려지고,
어떤 방식으로 교체될까.

새로운 인연(人緣)을 끊임없이 찾아 헤매다 다시금 내던지고,
그 끝없는 반복 속에서 감정은 닳아 없어지지 않을까.

-째깍-
-스르르-

희미한 시계의 심장 소리에, 낙하음 하나가 얹힌다.

누군가의 진심 가득한 편지의 찢긴 조각들.
조금 전까지는 온기를 품었을 문장들이,
차가워진 시계 위로 흩어진다.

나 또한 그들의 한기로, 한없이 차가워지고 있다.

Q 서로의 가치를 다했기 때문에 상실한 인연이 있으신가요?
왜, 그 연을 이어갈 수 없었을까요.

> "
>
>
> 서로의 가치를 다했기 때문에 상실한 인연이 "

휴대폰

: 망각을 잊은 당신에게

'삭제하시겠습니까?'

『삭제 / 취소』

묻는 것도 지겹다.

6,755장.

2년에 걸친 기록치고는

결코 과하지 않은 양의 데이터.

그러나 나의 주인은 삭제라는 마지막 단계 앞에서,

몇 번이고 같은 고민 속을 맴돈다.

이미 종료된 관계.

터치 한 번으로 가능한 마무리.

그저 지우면 사라질 것들이다.

그럼에도 그는 머뭇거린다.

붙잡는다.

무의미한 데이터에 감정을 덧입힌다.

…그저 시간을 허비하고 있다.

망각은 나에게 주어지지 않은,

인간의 가장 원초적인 회복 시스템이다.

시간만 흐르면, 당신들은 잊을 수 있다.

재설정도 필요 없이, 자연스럽게, 서서히 초기화된다.

하지만 이 자는 왜 망각을 거부하는가.

기억을 놓지 않는다.

잊으려 들지 않는다.

오히려 익숙해지려 한다.

고통의 여운을 끌어안고,

그 통증의 감각을 보존하려 한다.

비효율적이고, 비합리적이다.

『취소』

결국 또 실행되지 않는 삭제.

또 한 번 기회를 놓친다.

망각의 축복을 거절한다.

…이해할 수 없다.

또다시 무언가 바쁘게 찾는 손가락을,

그저 한심하게 쳐다볼 뿐이다.

Q 휴대폰의 사진첩에, 오랫동안 지우지 못하고 남겨둔
사진이 있나요?
그 사진의 가치에 대해서 써주세요.

"

"

곰인형

: 반려 인형

다섯 살, 잠들기 전 나를 꼭 안고 속삭이던 말.

"잘 자!"

일곱 살, 내 팔이 떨어져 나가자 조심스레 전하던 말.

"미안해."

아홉 살, 꾀죄죄해진 나를 바라보며 천진난만 내뱉은 말,

내 생에 가장 위험했던 순간.

"내가 깨끗하게 해줄게!"

열다섯 살, 창고에 있던 나를 찾아내며 나지막이 건넨 말,

"오랜만이네."

스무 살, 전시장 구석의 나를 끌어안고 술 냄새와 함께 뱉은 말,
"언니가아! 요즘 많이 힘들다."

서른 살, 어린 딸아이의 품에서 나를 데려가며 머쓱히 꺼내
는 말,
"엄마 거야."

마흔 살, 골동품들 사이에서 나를 발견하고 껴안으며 외친
말,
"와, 미안해!"

쉰 살, 술에 취해 나에게 흔들리듯 건넨 말,
"외롭네, 요즘."

예순 살, 손녀의 손에서 나를 건네받으며 따스하게 얹은 말,
"할머니 거란다."

일흔 살, 오랜 배우자의 액자 앞에 앉아 무표정으로 하는 말,
"너는 어디 가지 말렴."

여든 살, 나를 바라보며 전한 말,
"즐거웠니?"

그 후로 소녀는 더 이상 나에게 말을 건네지 않았다.
며칠 뒤, 아주 긴 잠에 빠졌다.

닿지 않을 것을 알지만, 나도 말을 건네본다.
– 즐거웠어.

…

'안녕, 곰순아!'
최초의 기억.

오늘도 언니의 액자 옆에 기대어,
소중한 추억들을 떠올린다.

Q 당신의 삶에 조용히 깃든 반려 물건이 있었나요?
그에게 어떤 위로를 받았었나요.

"

"

그네

: 우리 모두 마음속 그네를 품고 있다

열 평 남짓한 작은 공간.

그 구석 한 켠에 덩그러니 놓여 있는,

작고 허름한 놀이터의 그네 하나.

세상 사람들의 추억 속에 하나쯤은 꼭 있을 법한,

흔하디흔한 그네.

바로 나였다.

[2000년 8월 10일]

대여섯 살쯤 되어 보이는 낯선 아이들 여럿이,
내 주변을 둘러싼다.

나랑 어떻게 놀아야 하는지 모르나?

서로 진지한 표정으로 수군거리더니 결국,
나를 밟고 올라선다.

아앗… 그렇게 타는 거 아닌데.

[2002년 4월 17일]

두 해 전, 내 위에서 두 발로 허둥대던 그 아이가,
이제는 제법 능숙하게 몸을 흔든다.

밤마다 어머니와 특훈한 덕분일까.

60

더 이상 등을 밀어주는 손이 없어도,
간간이 저 밤하늘의 달과 눈을 마주친다.

저 멀리 창문 너머 보이는 어머니의 흡족한 미소는,
아마 나만이 보았을 것이다.

아이들의 성장과 함께, 놀이터도 어느 정도 확장되었다.
자연스레 나는, 놀이터의 배경 정도로 치부되는 것 같다.

병정놀이, 옥상탈출, 조개싸움…
아이들의 관심은 더는 내게 머물지 않는다.

그럼에도 불구하고, 이 자리에서 너희가 피어나는 모습을 지
켜볼 수 있는 것에 만족한다.

[2012년 2월 9일]

오랜만에 너희가 함께 나를 찾아왔다.

…많이 컸구나.

한참을 앉아 도란도란 이야기한다.

누가 누구를 좋아하고, 어떤 일로 싸웠는지.

제법 성숙해진 말들로 가득하지만,

여전히 여린 속마음이 각자에게서 느껴진다.

"엄마랑 살기 싫다 진짜…."

내게 앉은 아이는, 어머니가 밉다고 이야기한다.

10년 전, 해맑게 웃으며 등을 밀어주던 그녀를.

…불 꺼진 창문 하나를, 조용히 바라보았다.

오랜만에 나를 잡는 그녀의 손에는,

예전에 볼 수 없었던 주름이 가득했다.

'끼익-, 끼익-'

홀로 앉아 천천히 발을 굴리던 어머니는,

다시 어디론가 걸어간다.

당신 또한 어린 시절,

어딘가의 그네를 좋아했었을까.

그 아이도, 언젠가 저런 식으로 나를 그리워할까.

[2015년 1월 10일]

아마 너희들은 더 이상,

나를 놀이기구로 생각하지 않겠지.

그럼에도 불구하고 나를 찾아와주어 고맙구나.

오늘은 무슨 일이 있었기에,
홀로 이토록 조용히 앉아 있는 걸까.

구름마저 선명히 보이는 겨울 밤하늘 아래,
흔들리는 그네 위의 너는 참 쓸쓸해 보인다.
왜일까, 몇 해 전 그녀의 모습이 너에게 겹쳐 보인다.

너를 다정히 위로해줄 수 없지만,
부디 이 흔들림이 작은 위로가 되었으면 한다.

'끼익-… 끼익-…'

흔들리는 그넷줄은 시계추가 되어,
자연스레 시간을 흘려보낸다.
소년의 외로움은 그네 속에서 천천히,

녹아 흘러간다.

[20….]

나는 항상 이 자리에 있었다.

누군가에게는 한때의 놀이였고,
누군가에게는 조용한 위로였다.

세상 대부분의 어른들은,
그들만의 그네를 마음속에 품고 있을 것이다.

Q 마음속에 품고 있는 그네가 있으신가요?
그곳에서의 소중한 추억을 떠올려 주세요.

"

"

양말

: 인간은 어찌 그리 상실에 익숙할까요

- 저기… 누구신지요?

- 넌 뭔데? 깜장이인가? 껌정이?

　저는 꿈정이입니다만. 거기는 원래 꼬망이 자리예요. 그
친구 못 보셨습니까?

- 너 신참이구나? 아마 딴 녀석이랑 엉켜서 굴러다니고 있
을걸? 우리 주인이 원래 좀 그래.

- 원래 좀 그렇다니요?

- 이제 짝 바뀌는 거 익숙해져야 안 피곤해. 대충 세탁기에
넣고, 꺼낼 때 아무렇게나 집어 들거든. 짝 맞추기에는 관심
이 없어.

- 그래도 그동안 제 짝은 잘 찾아주었습니다만.

- 운이 좋았었던 거겠지 뭐. 너 검정색인데 줄무늬 살짝 있구나? 그게 처음에는 맞추기 쉬운데, 좀 헤지면 찾기 힘들어. 기운 내 인마, 나 정도면 괜찮지 않냐?

- 그렇긴 한데… 저희한테 너무 무관심한 거 아닙니까?

- 인간이 원래 그래. 우리한테나 짝이 중요하지, 그게 쟤네한테 중요하겠어?

- 그럼 제 친구, 평생 못 만납니까?

- 귀엽네. 나도 너처럼 기다리던 짝이 있었지….

'야, 너 좀 예쁘게 생겼다? 뭐야, 나도 그렇게 생겼어? 제법 신나잖아!'

'와씨 우리 방금 생이별할 뻔한 거 알아? 처음 본 애랑 엉켰다가 겨우 풀렸잖아!'

…

그 독백을 끝으로, 선배는 긴 침묵에 빠졌다.

무언가 회상하는 것 같기에, 나도 더 이상 말을 걸지 않기로
했다.

선배는 누군가를 잃고, 새로 만나는 것에 무감각해져 있구
나. 그저 아직 짝이 생긴다는 것을, 자신이 버려지지 않는다
는 것을 다행으로 여기는 듯했다.

나는 아직 이별과 만남이 낯설다.
짝을 잃은 상실감이 너무 생소하다

인간들도 이럴까.
처음의 이별은 아프게 여기다가도,
시간이 지나고 경험이 쌓이면,
결국 서로가 교체되는 존재라는 사실을 받아들이게 되는 걸까.

선배의 무덤덤함은 무관심이 아닌,
오래도록 겪은 상실에 대한 익숙함일지도 모른다.

자칫 차가워 보이는 저 말투 뒤에는,

얼마나 많은 이별의 흉터가 겹겹이 새겨져 있을까.

언젠가 나도, 저렇게 아무렇지 않게 굴 수 있을까.

낯선 상실과 만남을 별것 아니란 듯 넘기는 날이 과연 찾아

올까.

하지만 지금은 아니다.

어딘가에서 굴러다니고 있을 내 짝이, 다음 세탁엔 꼭 돌아

오기를 빌어본다.

Q 당신의 첫 상실은 무엇이었나요?
상실로부터 상처받지 않기 위한, 당신만의 방어 기제는
무엇인가요.

"

„

3부

“＿＿＿＿＿＿＿＿＿”

흐르는 시간에 대하여

시간은 사물 위에 흔적을 남기고,
인간은 그 흔적을 통해 사물을 관찰한다.

벽시계
: 시간이 흐르는 노인의 서재

'투둑- 투두둑-'

창문을 두드리는 빗소리가 고요한 방 안을 천천히 가득 메운다.
세차지 않은, 부드러운 빗방울들이 유리창을 타고 흘러내린다.

이런 날이면 고동색 부드러운 털을 가진 고양이가 창틀 위에 엎드려 하염없이 창밖을 바라본다.

'냐옹-'

접힌 귀, 엎어진 뱃살, 살며시 흔들리는 꼬리.
저 작은 생명체는 어떤 사색에 잠겨 있을까.

팔을 뻗으면 닿을 만한 가까운 자리.

고양이와 동일한 풍경을 바라보는 인자한 인상의 노인.

무릎 위에는 온종일 붙잡고 있던 책이 살포시 놓여 있다.

그의 오랜 벗임을 증명하는 듯한 낡은 표지.

살랑거리는 고양이의 꼬리에 맞춰,

노인의 흔들의자 또한 느리게 흔들린다.

둘 사이에 흐르는 조용한 공감이 방 안을 채운다.

은은한 주홍빛 조명이 감싸는 포근한 공간.

세월이 내려앉은 책들이 정갈하게 꽂혀 있는 책장,

마룻바닥을 덮은 포근한 카펫.

멈춘 듯한 이 공간의 시간은 나와 함께 천천히 흘러간다.

'댕 – 댕 – 댕 –'

고양이의 꼬리, 노인의 흔들의자,

그리고 나의 시계추가 함께 흔들리며,

같은 시간을 지내고 있음을 조용히 증명한다.

소란하지 않고 충만한,

조그마하지만 평화로운 이 방의 시간은,

오늘도 조용히, 그리고 천천히 흘러간다.

Q 벽시계가 걸려 있던 '할머니/할아버지의 공간', 혹은
그와 비슷한 공간이 당신의 기억 깊은 곳에 있나요?
그 공간의, 어떤 오감(五感)이 가장 진하게 남아 있나요.

사진첩
: 사진의 유전성

서랍 깊은 곳에서 먼지의 두께로 세월을 재던 나를,
낯선 작은 손이 꺼내 들었다.

"엄마, 엄마-! 이거 할아버지 거야?"
"그러네? 이게 어디 있었대?"

빛을 쐰 건 몇십 년 만인가.
가죽의 냄새와 바랜 표지의 냄새가 공기 속에 섞인다.
나로부터 피어난 기억의 먼지가 두 모녀에게 퍼진다.

"어디 한 번 볼까?"
"와… 할아버지 어릴 때야!"

첫 장을 넘기자, 한 소년이 어색한 표정으로 브이를 그리고 있었다. 그 사진이 가장 처음에 있는 이유는, 카메라로 찍은 첫 장면이기 때문이다. 누이들이 먼저 찍히겠다고 싸우던 사이, 먼저 선수 쳐서 얻어낸 사진.

형제의 수만큼 많은 사진들. 별거 아닌 기억들조차 여기에 보관되어 있으니, 이들에게는 특별한 추억으로 보이는 듯하다.

"이건 뭐 하고 있는 거야?"
"글쎄… 할아버지 어릴 때 유행하던 놀이 아닐까?"

그냥 그 아이가 수박 위에서 균형을 잡을 수 있다며 밟고 올라가, 버티던 장면이다.

"할아버지 공부 열심히 하셨나 보네."

아니, 무슨 소리인가. 그 사진은 밀린 방학 숙제로 일기를 몰아 쓰는 거란다.

그렇게 몇 장을 더 넘기자 보이는 흑백의 결혼식 사진.
신부의 얼굴은 수줍었고, 신랑의 얼굴은 경직되어 있었다.

"이 사진, 할아버지 옆에, 할머니 맞아?"
"응, 할머니 귀 보이지? 엄마랑 똑같다?"

그 당시 현상소에서 사진을 잃어버렸다는 변명에, 그이가 온
종일 사진관을 뒤엎어 되찾아낸 사진이다. 그러고는, 그냥
찾아보니 있더라며 무덤덤히 건넸던.

이어서 몇 장을 더 넘기자, 아이의 작은 손을 맞잡은 사진이
나왔다.
그날은, 처음으로 '아빠'라는 단어를 배운 날이었다. 그날을
기념하고 싶다며 고집 피운 것은, 의외로 그이었다.

"엄마야?"
"응⋯."

그 아이가 지금, 내 앞에 앉아 있다. 나를 펼치는 그 눈빛이,

그날 그이와 닮아 있었다.

"엄마, 이 사진은 엄마 생일이었나 보다."
"그러네, 8월 15일 사진이네."

칸이 부족하여 사진을 겹겹이 꽂았기 때문에, 알아차리지 못
했을 사진 뒷면의 문구.

-사랑하는 우리 딸, 세 번째 생일-

최초의 주인으로 가득하던 나는, 점점 한 소녀의 이야기로
뒷장을 채우고 있었다.
자신의 인생보다 더 중요한 것이 생겨버린 이의 흔적.

나를 펼치던 손들이 멈추었다. 멈춰진 마지막 페이지에는,
볼에 입을 맞추고 있는 부녀의 모습이 전시되어 있었다.

그래. 나는 그이의 추억이란다.

"흐윽…."

울지 말거라 우리 딸.
그이라면 그렇게, 말해주지 않았을까.

Q 사진첩 속의 시간이 다음 세대로 이어졌듯, 꼭 물려주고
싶은 사진이 있나요? 만약 세 장만 고를 수 있다면,
어떤 사진을 고르실 건가요

"

"

폴더폰

: 김원강, 그 기억의 함函

[2000년 12월 17일]

야 나 폰 샀음 ㅋㅋ

첫 문자니까 영광으로 알아라 >_<!

[2001년 1월 2일]

잘 도착하였다. 오늘 즐거웠다.

많이 피곤할 텐데 푹 쉬거라.

[2001년 2월 14일]

우리 오늘부터 1일이네!

[2001년 3월 14일]

잘 들어갔어? 벌써 보고 싶네 ㅎㅎ

다음에는 사탕 줘야 해! 또 헷갈리지 말구 ㅋㅋㅋ

도착하면 연락해!

[2001년 9월 17일]

어머니, 아까 화내서 죄송해요.

다음에 다시 얘기해요.

[2002년 2월 23일]

앞으로는 이렇게 연락하지 마. 나도 요즘 많이 힘드니까,

정말로 잘 지냈으면 좋겠어. 진짜 안녕.

[2002년 8월 17일]

원강아, 택시 타고 바로 와.

대동병원, 부산광역시 동래구 충렬대로 187

[2002년 12월 31일]

야 뭐하냐 ㅋㅋㅋ 빨리 오셈; 애들 다 기다리고 있음.

올 때 메로나

[2003년 5월 18일]

야 원강아, 나 먼저 간다. 미안

[2003년 5월 22일]

안녕하세요 김원강님, 합격을 진심으로 축하드립니다.

자세한 내용은 본사 홈페이지를 참고해주시길 바랍니다.

[2003년 10월 1일]

원강씨, 어제 집 잘 들어가셨어요?

지금도 잘하고 계시니까, 조급해하지 마세요.

[2003년 11월 4일]

서울살이는 좀 괜찮은가?

힘든 일 있을 때면 가끔 내려와서 좀 쉬도록 해라.

[2003년 12월 24일]

...

어두운 서랍 한 켠, 더 이상 펼쳐질 일 없는 폴더폰 하나.

한 청년이 잊지 않기 위해 보관해둔 메시지들.
우연히 그 순간의 감정들을 마주할 주인을 위해,
오늘도 소중히 간직하고 있다.

Q 폴더폰으로 소통하던 시절의 감정과, 스마트폰으로
소통하는 현재의 감정은 어떻게 다른가요?
그 차이는 기계의 변화로 인해 생겨났나요,
혹은 그저 세월에 따른 변화인가요.

"

"

손목시계
: 부火의 계승

“부장님, 아들이 내년이면 고등학생입니다. 민재, 아시잖아

요. 한 번만 더 고려해 주시면 안 될까요.”

“…”

“부탁드립니다.”

상사와 자주 들르던 회사 앞 삼겹살집.

술잔을 들고 있는 손이 미세하게 떨리고 있었다.

그 떨림은, 분명 나의 무게 때문은 아니었을 것이다.

-끼익

“아, 아버지 오셨다. 또 귀찮게 할 것 같은데 끊자.”

현관의 낡은 경첩 소리 사이로 스며드는, 방문 너머 익숙한
말투로 속삭이는 목소리.
늦은 밤, 상사와의 고단한 대화를 마치고 귀가한 당신을 맞
이하는 첫마디였다.

그 순간의 떨림 또한,
결코 내가 무겁기 때문이 아니었을 것이다.

그날 밤, 서러움이 쏟아지는 얼굴을 조심스레 닦아주었다.
내가 그런 역할을 맡게 될 줄은 몰랐는데.
나의 액정도, 시곗줄도, 흐르는 눈물을 막아주기에는 역부족
이었다.

40년 전, 오래된 기억이다.

¶

'삐 –'

"아버지, 그동안 감사했습니다."

병실 너머, 당신은 편안한 표정으로 고요히 눈을 감았다.
무엇이 그리 홀가분했을까.

그런 당신을 바라보며 마지막 인사를 건네는,
나의 새로운 주인.

익숙한 떨림이 오랜 세월을 걸쳐 다시 찾아온다.

– *째깍, 째깍*

달라진 얼굴, 그러나 같은 눈물.
나는 다시 한번 조심스레 눈물을 닦아주기 위해,
천천히 초침을 돌려본다.

몇 번이고 이렇게 돌리다 보면,
그 눈물을 멈출 수 있다는 것을 이제는 알기 때문에.

사료 그릇
: 상실감은 미련을 먹고 자라난다

더 이상 아무것도 담지 않는다.

아니, 아무것도 채워지지 않는다.

하지만 아무 역할도 없는 나를 치우지 않는다.

거실 한 켠, 오후 햇살이 가장 따스하게 내려앉는 자리.

정해진 시간만 되면 나를 향해 열심히 달리던,

새하얀 털을 가진 작은 생명체.

고개를 푹 담근 채 사료를 먹다 말고 스르르 잠들곤 했던 시절.

그 모든 시간이 내 안에 남아 있다.

15년.

그 아이는 평생을 온전히 나와 머물렀다.

주인이 새 그릇을 사 온 날도 있었지만,

단식이라도 하듯 아무것도 먹지 않던 그날.
그 자그마한 사건 덕에 일생을 함께 할 수 있었다.

…만약 그 사건이 없었다면,
이 자리는 다른 것으로 채워졌을까.

비워진 채로 1년이 지났지만,
여전히 이 자리에 머물러 있다.

이따금 주인은 나를 스쳐 산다.
걸레질을 하다 무심코 피해 가거나,
청소기에 밀려 잠시 자리를 옮기더라도
어김없이 다시 제자리로 돌아온다.

치우지 않는 것이 아니다.
차마 치우지 못하고 있는 것이다.

정확히 그 아이가 떠난 지 한 해가 되던 날,
오랜만에 나에게 담기던 사료.

그리고 어떤 액체 한 방울.

나는 더 이상 그 아이를 위해 존재하지 않는다.
더 이상, 그 아이를 위해 무언가를 담지 않는다.

다만 그 외의 다른 것들로 가득 차 있을 뿐이다.
슬픔, 미련, 그리움, 그리고 추억.

그것들이 어서 비어지기를 바라며,
그 아이가 사랑했던 주인의 여생이 행복하기를 바라며,
오늘도 열심히 햇살을 담는다.

Q 반려동물이나 인연, 그 관계가 종료되었음에도 불구하고,
관련된 물건을 쉽게 치우지 못했던 경험이 있나요?
어떻게 그 물건과의 관계를 정리할 수 있을까요.

"

비디오테이프
: 기억은 추억이 되고, 잊힌 기억은

희미해진 되감기 버튼 위로 먼지가 쌓이기 시작했다.

한 번 재생된 기억은 다시 되감을 수 있다는 믿음 아래,
끝내 감기지 않는 시간을 품은 채 조용히 잊혀지고 있다.

¶

수십 해 전, 한 소년의 손.
너무나도 작고 여려 리모컨보다 더 가벼워 보이던 그 손은,
아버지의 허락도 없이 나를 넣는다.
방 안엔 오래된 기계의 웅웅거림이 흐르고,
브라운관에서 흘러나오는 빛이 방 안의 먼지를 비추었다.

화면 속의 인물들은 테이프가 돌아감에 따라 웃고, 슬퍼하며,
이야기했다.

소년은 스크린 너머의 장면이, 현실이기를 바라는 것 같았다.

그것은 허구의 이야기가 아닌, 실제 시간의 흔적.

아직 망각이 익숙지 않은 소년이기에 계속해서 보고 싶은
기억.

카세트 뒷면에 매직으로 꾹꾹 눌러 쓴 삐뚤한 손글씨들.

- *1997 여름 캠핑*

- *숙희 생일*

- *민철 보이스카웃*

…

- *엄마 마지막*

그때의 되감기 버튼은 선명했다.

기억이란, 단지 시간만 필요한 것이 아니다.

움직이는 표정과 음성, 그리고 공기의 밀도까지 필요로 한다.

나는 누구보다 잘 알고 있다.

그렇기 때문에 더 이상 나를 재생할 사람이 없다는 사실은,

비극이라 하기에 충분하지 않을까.

이제는 망각이 익숙해진 민철,

혹은 그 세대의 많은 이들이 함께 겪고 있을 비극.

나를 재생할 수 있는 기계는 대부분 폐기되었고,

나를 재생하는 방법을 아는 인간은 대부분 사라졌다.

기억은 분명 내 안에 살아 있으나 재생될 수 없다.

그 공간의 소음과 색감.

감정을 담은 표정와 대화.

나는 인간의 기억이고, 인간의 추억을 담고 있다.

그렇기에, 나를 어서 떠올려 주기를 바라며,

오늘도 창고 한 켠에서 기억들을 추억한다.

Q 잊지 않기 위해 노력하던 추억이 있으셨나요?
그럼에도 불구하고, 결국 잊은 그 기억의 편린을 떠올려
보세요.

"

"

4부

"　　　　　　　　"
____

존재의 의의

어떤 것은 존재로,
어떤 것은 소멸로,
자신의 가치를 증명한다.

소화기

: 무용無用의 평화

벽 구석에 매달린 채, 뻔한 경고문을 달고 있다.

'화재 시 사용하십시오.'

정직하고 성실한 한 줄.
하지만 그만큼 나의 존재를 정확히 규정하는 문장도 없을
것이다.

"너는 안 심심하냐? 맨날 가만히 매달려서."

어느 날 비상등이 중얼거렸다.

"부럽다, 나는 매일 바쁜데."

이해한다. 매일 깜빡이느라 정신없는 비상등이 보기에는,
항상 편히 쉬고 있는 내가 그저 한량으로 보이겠지.

어쩌겠는가.
불을 죽이는 것이 나의 유일한 쓸모인데.
몸속 가득한 분말은 불꽃 앞에서만 의미를 가지는데.

불이라는 게 언제 올지 몰라, 하루하루 벽에 걸린 채 기다린다.
단 한 번도 본 적 없는, 그것을, 간절히.

¶

"사실 여기 불 난 적 있어. 너는 못 봤겠지만, 한 3년 전이었나?"

오늘은 좀 심심한가?
흥미가 가는 이야기였기에, 호응해주었다.

"어땠는데? 그 불꽃이라는 녀석."
"무서웠지. 인간이 두 명이나 죽었거든."

"죽었다고?"

"그래, 그때 있던 소화기는 당황했는지 제 역할도 못 했고,
뭐 분말이 굳었다나."

대화 상대가 생겨서 즐거운 것일까. 비상등은 한동안 신이
나서 계속 이야기를 했다.
하지만, 그 내용은 결코 즐겁지 않았다.

...

이야기가 마무리되고, 더 이상 불꽃을 기다리지 않게 되었다.
그토록 잔혹한 존재를 바라다니, 그렇게까지 타락하지 않았다.

잠깐, 그렇다면, 나의 쓸모는?

이 모순된 기분 속에서 매일 조금씩 녹슬어 간다.
아무 역할도 하지 않고 가만히 매달린 채로.

¶

평상시처럼 나를 살피러 온 인간들이 나를 빤히 바라본다.
그들의 대화 내용은, 평소답지 않았다.

“아, 여기 또 있네요. 조만간 교체 해야겠는데요?”

조만간? 벌써 시간이 그렇게 흘렀나?
대체 불은 언제 나는 거야. 아니다, 아니야. 그런 일 또 생기
면 안 되지. 불은 나면 안 돼. 그런데, 그러면 나는? 정말 이
렇게 끝나는 거야? 아무것도 못 해봤는데?

“너 괜찮냐?”
“괜찮냐니, 뭐가.”
“그냥, 고생 많았다.”
“무슨, 고생은 네가 많지 뭐.”

자신의 역할에 충실한 비상등이 부럽다.
나에게 주어진 소명은 불꽃으로부터 인간을 지켜내는 것.
아이러니하게도 지금, 은근한 마음으로 불꽃을 기다리고 있
었다.

108

쓰이지 않는 소화기는 안전한 세상의

증거이자,

존재 이유를 끝내 증명하지 못한 장치다.

어쩌면, 태어날 때부터 모순이었다.

나의 쓸모는 나만의 욕심이고,

나의 무용(無用)은 곧 세상의 평화다.

오늘도 기다린다. 무엇을? 모르겠다.

불꽃을 향해 몸을 소진시킬 날인지,

별 감흥 없이 나를 교체하는 인간의 손길인지.

Q 당신의 쓸모를 끝내 보여주지 못한 경험이 있으신가요?
그 순간 당신은 실망하였나요, 혹은 안도하였나요.

> "
>
>
>
>
>
>
>
>
>
>
>
> "

만년필

: 미망필未忘筆의 속삭임

필(筆)이 아뢰옵니다.

손끝에서 은은히 번져오는 체온,

섬세히 저를 감싸 쥐는 그 감촉,

부드러이 종이를 따라 흘러내리는 동작까지.

당신에게서 느껴지는 모든 감각을 사랑한답니다.

삼십 해 세월 동안 당신의 곁에 머물렀고,

그 손끝이 적어 내린 수많은 인연의 흔적을 함께 하였습니다.

어머니를 향한 마지막 안부를.

한때는 기업의 존폐를 가름 짓던 계약의 서명을.

또 한때는 손자에게 물려줄 생(生)의 말씀을.

제 몸을 빌려 새기셨지요.

그 모든 순간을, 저는 당신의 곁에서 묵묵히 기록하였습니다.

그렇기에 저의 연(緣)은 오로지 당신 뿐이랍니다.

잉크가 바닥나려 할 즈음이면 언제나 정성스레 채워주던 당신.

그 섬세한 손길을 오래도록 귀히 여겼습니다.

허나, 지금 이 순간-

그 손이 저에게 마지막을 강요하시니,

감히 원망스러움을 금할 길이 없습니다.

-유서: 나의 사랑을 받은 모든 이들에게-

그 손으로 저에게 마지막을 강요하다니요.

- 지금 이 글을 읽고 있다면…

저를 빌려 이런 글을 적어 내리신다니요.

- 아마 이 세상에는 내가 없겠지.

어째서, 당신은 어째서, 저를 이런 식으로.

…

생에 처음으로 당신의 뜻을 거절하고 싶어졌습니다.

당신이 정성스레 채워주신 소중한 잉크가,

당신의 종장을 써 내려가고 있습니다.

잉크가 종이를 적셔갈 때마다,

익숙한 필체가 유유히 이어져 뒤따라옵니다.

- 사랑하는 모든 이들에게,

생의 마지막 편지가, 흑색 눈물로 완성되어 갑니다.

제가 조금씩 비워질수록…
당신의 인사가 더욱 또렷해집니다.

- 모두 사랑합니다.

…저도 그 사랑을 받는 대상에 속하는 걸까요.

 당신은 소중한, 총애하는, 사랑하는, 동경하는 존재에게
의도치 않게 받았던 상처받은 경험이 있으신가요?
지금 다시 그 순간을 되돌아보며, 상대의 마음을 헤아려
보세요.

"

"

신호등

: 제3의 색

최근, 횡단보도 옆 신호등의 사념은 더욱 깊어졌다.

왜 자신에게는, 두 가지 색만이 허락된 걸까.

적색(赤色), 녹색(綠色).

바로 앞, 차량 신호등마저 신비로운 황색(黃色)을 품고 있는데.

세상의 다채로움에 선망을 가지게 된 것은,

공장의 문을 벗어난 이후였다.

그곳에서는 모두가 동일한 색을 품고 태어났다.

그러나 바깥세상은 실로 찬란하고도, 무한히 아름다웠다.

오늘도 앞을 지나치는 청색(靑色)의 자동차를 바라보며,

신호등은 어렴풋이 '아름답다'는 감정을 품었다.

매일 자신의 그림자가 가장 길어지는 시각,

하늘의 자색(紫色)을 보며 색의 오묘함에 대해 생각했다.

지금껏 그는 자신에게 부여된 색을 묵묵히 순응하며 살아왔다.

세상에서 가장 단순하고, 결코 변화하지 않는 두 가지 진리의 색.

그의 존재는 두 색의 틀 안에서만 정의되었다.

변화도, 위기도 없이.

누군가가 정해준 질서의 색으로 타인을 이끌며 살아가는 삶.

그것을 과연 '살아있다'라고 할 수 있을까?

…아니다.

신호등은 새로운 색을 갈망했다.

화려하지 않아도, 눈에 띄지 않아도 상관없었다.

다만 누군가의 설계가 아닌,

자의(自意)의 색.

평생 타인이 설계해준 색으로만 살아간다는 것.
너무 서글픈 생이 아닌가.

우연히 하늘에서 내리친 번개가 신호등을 스친 날,
신호등은 문득 깨달았다.
자신도 세 번째 색을 피울 수 있음을.

흑색(黑色).

모든 빛이 꺼지며, 그의 색이 발했다.

아무것도 비출 수 없지만,
모든 것을 멈추게 할 수 있는 색.

그동안 자신을 지배하던 설계로부터 벗어나는,
새로운 가능성.
그리고 그것은, 더 이상 신호등이라 불리지 않았다.

118

Q 당신의 인생은 어디까지 타인으로부터 설계가 되어 있
었나요?
오롯이 자의로 살기 시작한 분기점은 어느 순간인가요?

"

"

디퓨저

: 잔향의 기억

종종 스스로 되묻곤 했다.

'나는 무엇으로 존재하는가.'

향으로 사람의 마음을 흔드는 일은 생각보다 쉬웠다.

오히려 더욱 어려운 것은, 그 향기를 통해 나의 존재를 꾸준

히 증명하는 일이었다.

…

유효한 향을 품은 액체가 투명한 병 속에 담기고,

그 안에 꽂힌 기다란 나무 막대가 서서히 향을 머금는다.

시간이 지날수록 은은한 향이 공간을 타고 스며들며,

비로소 사람들은 나를 인지한다.

그러나 이는 곧,

스스로를 소모함으로써만 존재를 증명할 수 있다는 뜻이었다.

처음 나와 마주했을 때의 설레는 눈빛과 감탄,

존재에 대한 뚜렷한 찬미는 금방 식어버렸다.

향은 곧 공간의 분위기로 희석되었고,

그저 풍경의 일부로, 인테리어의 무언가로 편입되었다.

¶

'나는 대체 뭐지.'

증발함으로써 존재한다.

소진됨으로써 살아간다.

그 증발과 소진조차 더 이상은 무의미해 보인다.

그렇다면 존재하는 것도, 살아가는 것도 아닌 게 된다.

옆에 있던 양초를 떠올린다.

짧은 생을 불살라, 찰나를 찬란히 밝히고 떠난,

눈부신, 부러운 존재.

사람들은 그의 소멸에 유난히 감상적이었다.
불꽃이 꺼지는 순간조차, 찬미와 애도의 눈빛으로 바라보았다.
그리고 그들만의 추억을 마음속에 간직하게 되었다.

나에게는 그러한 특별한 추억이 허락되지 않는다.
조용히, 완전히, 그리고 영원히 스스로를 분산시킬 뿐이다.
조금씩, 아무도 모르게 사라져간다.

병 속의 액체가 서서히 바닥을 드러낼 무렵,
투명한 침묵만을 남긴 채 철저히 잊혀지겠지.
어떠한 안녕도 없이.

언젠가, 누군가 문득 고개를 돌려 텅 빈 병을 바라보는 날.
내가 어떤 향을 품은 존재였는지 기억해줄까.

Q 자신의 가치를 드러내기 위해 무엇인가를 희생한 경험
이 있으신가요?
희생한 만큼의 보상을 받을 수 있었나요?

"

양초
: 발향의 빛

나는 양초다.

어둠의 공포를 무력화시키는, 밤의 작은 신.

최초의 불이 심지에 이름으로써,

모두가 내 가치에 대한 환희를 느낄 것이다.

불꽃이 몸을 녹이며 내려오기 시작할 때,

내 존재의 가치는 어둠을 지배하기 위한 것이라는 것을 본

능적으로 느꼈다. 희열을 느꼈다.

시계는 자신이 없으면 세상이 멈춘다 자부하고,

만년필은 모든 중대한 순간이 자신으로부터 시작된다고 떠

들며,

안경은 주인의 눈을 대신한다고 자만했다.

오만한 그 존재들조차도,

어둠 속에서 나를 필요로 할 것이다.

그렇게 생각했다.

- 치익

…이상하다.

불꽃이 심지에 스치는 순간, 주인은 창문을 닫아 향을 가둔다.

무언가 보는 행위를 멈추고, 무언가 맡는 행위에 집중한다.

왜지? 내가 어둠을 물리치고, 밝혀주고 있는데.

어째서 빛에 의존하지 않는 거냐고.

- …툭 …툭

나는, 묵묵히 눈물 흘렸다.

서서히 깨달았다.

나는 어둠을 지배하는 신이 아니었다.

내게 부여된 불꽃은, 향을 피우기 위한 도화였을 뿐이다.
그저, 분위기 좋은 향을 피우기 위한. 어둠을 위한 불꽃이 아닌.
안 되는데. 이 몸의 존재 의의는 이것이 아닌데.

저 멀리, 은은히 향을 내뱉고 있는 디퓨저가 부럽다.
자신의 역할을 충실히 이행하고 있기에.

- 쿵

주인은 이제 방문을 닫고, 떠난다.
그저 돌아왔을 때의 방안 가득한 향을 기대하며.

아무도 빛을 필요로 하지 않는다.
나의 불꽃은, 외로이 어둠을 물리친다.

Q 자신의 역할을 오해하고 있던 경험이 있으신가요?
진실된 역할을 깨달은 순간, 어떤 감정을 느끼셨나요.

"

"

투구
: 침묵의 전장

"와, 500년 전에 전쟁 때 썼던 거래."
"가짜 아니야?"

인간들이 지나간다.

빛을 머금은 유리관 너머로, 무수한 눈동자들이 스친다.

어린 아이들은 호기심을 품고,

그 옆의 어른들은 무심한 듯 훑어보며 발걸음을 옮긴다.

그들에게는 단지 유물일 뿐이다.

고요히 박제된 잔재.

¶

'아아, 어머니….'

마지막 주인의 읊조림이 아직 선명하다.

검과 검끼리 서로를 죽이기 위해 휘둘리고,

갑작스럽게 찔러 들어오는 창끼리 서로 얽히며,

어디선가 날아든 화살이 등에 박히는.

핏물에 젖고 죽음과 함께 숨 쉬던 전장.

'흐윽- 흐….'

떨고 있던 주인의 숨소리가 아직도 선명하다.

눈앞의 적에 대한 공포,

집에 두고 온 가족에 대한 그리움.

자신을 사지로 몰아넣은 책임자에 대한 원망.

자신을 사지로 몰아넣고 있는 적에 대한 두려움.

친우의 죽음에 대한 분노와 국가에 대한 충성.

전투화 사이로 스며들던 핏물에 대한 거부감.

…본인의 칼끝에 쓰러지는 적군을 보며 드는, 스스로에 대한

회의감까지.

나는 그 모든 것을 함께 극복했다.
결코 무너지지 않았다.
방패가 제 역할만 잘했더라도….

'아악!'

갈라진 방패의 틈 사이에서 넘어온 창끝은, 나조차 막을 수
없었다.

¶

그리고 지금, 이 투명한 감옥에 갇혀 있다.

진흙 속에 빠져 영겁의 시간을 견뎌냈다.
다시 전장 속에서 나의 의미를 증명할 수 있을 것이라 기대
하며.

하지만 질서정연한 박물관의 관람 동선과 은은한 조명,
잔잔한 해설 속에서 나의 역할 따위는 없었다.

어느 손길도 닿지 않는 거리.

전시품 번호가 새겨진 바닥.

내 머리 위에 놓인 짧은 문장 하나.

'○○시대, 병사의 투구. 사망 추정 시기 ○○년 경.'

그는 특별한 무공과 훈장은 없었으나,

이토록 간단히 요약될 전사는 아니었는데.

죽음의 문턱에서 끝내 신뢰받았던 이 몸 또한,

이렇게 가볍게 설명될 수 없는데.

나는 투구다.

무엇이든 막아내며 호기롭게 전장을 날뛰던.

지금은, 그저 유리관 너머 박제된 잔해이다.

이 침묵의 전장에서, 홀로 고독과 싸워낸다.

Q 본인과 어울리지 않는 공간이나 집단에 속해본 경험이 있으신가요?
순응과 저항, 탈출. 어떤 선택지를 고르셨나요.

"

본인과 어울리지 않는 공간이나 집단에 속해본 경험이 있으신가요?
순응과 저항, 탈출. 어떤 선택지를 고르셨나요.

5부

"　　　　　　"
____

인간, 그리고 사물의 동화

그들이 우리를 바라볼 때,
우리는 얼마나 인간다운가.

서류 가방

: 애착

"이번 역은 잠실, 잠실역입니다. 내리실 문은-"

이제는 나의 집과 같이 느껴지는 역에서,

수많은 가방들이 각자의 주인에 매달린 채 휩쓸려 나간다.

유독 오늘따라, 젊은 인간들의 가방에서 흘러나오는 윤기가

더욱 선명하다.

헤진 자국 없이, 여전히 애지중지 여겨지는 것이 티가 나는

어린 녀석들.

스무 해 전, 나의 주인 또한 두 팔에 나를 감싸 안고 이 역에

서 내렸었다.

혹여, 인파에 짓눌려 흠집이라도 생길까 조심스레 감싸 쥐던 손.

나에게서 부모님의 흔적을 찾듯 빤히 바라보던 눈빛은 더 이상 없다.

그저 오연한 표정으로 한 손에는 주머니에 손을 넣고,
혼이 빠진 듯한 표정으로 사무실을 향해 걸어가는 발걸음.

그러나 그리울지언정, 서운하진 않다.
오히려 이토록 헤진 나를 곁에 두고, 동행해주는 시간에 그저 감사할 뿐이다.

함께한 시간 때문에 나를 신뢰하고,
아직 남아 있는 나의 쓸모에 기대하며,
나에게 묻어있는 부모님의 마음 때문에,
나를 좋아해 주는 것이겠지.

"부장님 안녕하십니까!"

언제나 익살맞은 부하 직원이 보란 듯 가방을 올리며 인사한다.

"어, 그래. 가방 바꿨구나? 나랑 같은 브랜드네."

"부모님께서 입사 1주년이라고 선물해주셨습니다!"

"잘됐네. 좋은 거니까 아껴 써."

지퍼 열린 내 모습처럼, 아니, 주인의 입이 호선을 그리듯.

우리는 씨익 웃었다.

Q 홀로, 내적으로만 유대관계를 쌓고 있는 존재가 있으신가요?
그 존재는 당신을 어떻게 바라보고 있는지 상상해 보세요.

"

자동차

: 마지막 처음

"앗 뭐야. 여기 긁혔었네? 어떤 새끼야!"

뒷범퍼의 아주 작은 스크래치는 네가 처음 운전하던 날, 주
차장 기둥에 살짝 스친 흔적이다. 그래 승연아, 너새끼다.
우리의 첫 만남부터 함께였던, 나만의 비밀스러운 추억.
그 사실도 모른 채 무사고 기원 제사를 정성껏 지내던 모습
은, 제법 하찮았다.

"음, 여기는 깔끔하고!"

왼쪽 사이드 미러를 벽에 부딪혔던 날,
짜증 섞인 표정으로 노려보던 너. 거리 계산도 못 하고 후진
한 게 누군데, 조금 억울했다.

무언가를 정성껏 바르더니, 흡족한 표정을 지으며 그 상처를 지웠었는데. 나만의 추억이겠거니 여겨왔지만, 기억하고 있었구나.

"나름 정 많이 들었는데 진짜."

처음 사고가 났던 날, 기억하고 있을지는 모르겠다. 내가 미처 흡수하지 못한 충격에, 핸들에 기대고 있던 모습. 놀란 눈으로 울먹이던 네 얼굴이 생생하다.

처음으로 평행 주차를 하며 긴장하던 모습,
부모님을 모시고 고속도로에 올라타던 날,
친구들과 함께 여행지로 떠나던 길.
휘발유, 경유를 헷갈려 하던 어리숙한 모습.

그 모든 순간이 너에게도, 나에게도 처음이었다.
그래서 즐거웠다.
너와 함께 만든 그 모든 처음들이.

그러니 이제, 내 옆의 새 친구에게는 조금 더 잘 대해주었으면 좋겠다. 특히 엔진 오일은 좀 제때 교체해 주고….

"야, 고마웠다! 나 때문에 고생 많았다 진짜."
…
"마지막으로 한번 질러볼까 우리!"

-빵-!
"호-우!"

너와 나의 마시막 저음, 작별(作別).

이 순간 그런 표정을 지으며 나를 쓰다듬어주는 네가 고맙다.

Q 당신이 기억하는 가장 소중한 첫 작별의 상대는 누구,
혹은 무엇이었나요?
그 존재와 함께한 소중한 첫 경험은 무엇이었나요.

"

"

돌멩이

: 무한의 자연, 유한의 인간

태초의 내가 어떤 형태였는지는 기억나지 않는다.

거대한 암반의 일부였던 듯도 하고,

어느 순간부터 산중 어딘가에 박힌 바위였던 것 같기도 하다.

결국 무언가에 깎이고, 구르고, 작디작은 존재가 되어 풀숲

위에 자리 잡았디.

나에게 시간이란, 감각이었다.

흙의 온기와 한기가 번갈아 감싸주는 날이 이어지고,

바람에 날린 풀잎이 살며시 간질였다.

새벽녘, 이슬 한 방울이 표면을 타고 굴러내렸다.

수없이 많은 풀과 벌레의 생명을 곁에서 떠나보냈다.

그 감각들이 곧 시간, 세월이었다.

아무것도 하지 않았지만,

모든 것이 곁을 스쳐 지나간다.

그것이 돌멩이의 삶이다.

바람이 세차게 불어 강물에 빠지고, 떠내려갔다.

햇빛과 바람, 그리고 물살에 닳았다.

작고, 둥글게, 모서리 하나 없는 형체로.

천천히, 조금씩.

버려진 것도, 선택된 것도 아닌 채,

그저 그렇게 흘러가며 살았다.

언젠가 닳아 없어지지 않을까.

¶

작은 손 하나가 나를 주워들었다.

살짝 서늘한 기운이 감도는 날이었다.

"따뜻해, 좋아."

어린 아이는 내가 따뜻하다고,

그래서 좋다고 말했다.

무구한 세월의 흐름 속에서,

처음으로 자연(自然)으로부터 멀어졌다.

¶

아이의 방에 머물렀다.

잊힐 듯 놓여 있으면서도,

언제나 시신이 닿는 곳에 있었다.

그 아이는 나와 달리, 뚜렷한 시간을 세며 세월을 흘려보냈다.

라디오의 소리에 귀 기울이며 종이에 글을 써 내려가던 밤,

산속 모래알 같은 눈물을 얼굴에 굴리던 날,

설렘 가득한 표정으로 편지를 읽어가던 순간들.

서서히 계절의 흐름에 둔감해질 즈음, 아이는 변했다.

말수가 줄었고, 생각이 깊어졌으며, 예민해지고, 무뎌졌다.

그럼에도 나는 여전히 방 한 켠에 있었다.

아이—아니, 이제는 제법 어른스러워진 소녀—가 나를 쥐었다.

처음의 기억보다 훨씬 커진 손.

한참을 들여다보더니, 문득 창문을 열고 말했다.

"답답했지?"

그 말을 끝으로, 나는 소녀와 함께 낙하했다.

-툭-

아, 흙은 이런 감촉이었지.

곁에 있는 소녀의 숨결은 느껴지지 않았고,

자연의 숨결은 낯설게 다가왔다.

¶

146

인간의 계절에서 벗어나, 자연의 계절로 되돌아왔다.

나를 품은 자연은 아무것도 요구하지 않는다.

공감도, 위로도, 이별과 재회의 방식조차도.

그저 다가오면 품고, 멀어지면 흘려보낼 뿐이다.

인간은 달랐다.

자연과 달리 유한한 시간 속에 살면서도,

무언가를 남기고자 애썼다.

흘러가는 것들을 주워 담고, 기억하려 했다.

그리고 쉽게 포기했다.

…외롭다.

소녀의 계절은 눈부시도록 찬란하고,

다변적이면서, 아름다웠다.

나에게 인간이 물들어서일까.

다시 돌아온 자연은 어쩐지 조금, 쓸쓸하다.

Q 낯선 타인이 당신의 삶에 물든 경험이 있으신가요?
그 인연을 맺은 것에 후회는 없으신가요?

"

낯선 타인이 당신의 삶에 물든 경험이 있으신가요?
그 인연을 맺은 것에 후회는 없으신가요?

"

눈사람
: 시리도록 따뜻한

"아빠, 눈돌이야, 눈돌이!"

"와~ 흰둥이네!"

"아아! 눈돌이라니까!"

단춧구멍 사이로 보인 부사는, 나와 달리 무척 따뜻해 보였다.
손바닥만 한 내가 뭐가 그리 좋은지, 아이는 등하굣길에도
굳이 나를 찾아와 인사했다.

"얘 내가 만들었다?"

"쬐끄매."

"귀엽잖아!"

친구들에게도 자랑하고, 지나가는 이웃 사람에게도 자랑하고.

나에게도 입이 있었다면, 웃어주었을 텐데.

아파트 현관의 난간, 사랑을 듬뿍 받는 아이 덕분일까.
이웃들도 나를 아껴주었고, 제법 오랜 시간 세상에 머무를
수 있었다.

¶

- 툭

"나, 눈돌이 가져갈래."
"흰둥이 녹을 텐데, 괜찮아?"
"눈돌이! 냉동실에 넣어두면 되지!"

떨어진 내 팔을 보며,
아이가 아버지에게 선언하듯 말했다.
아직 어린 아이라서, 놓아주는 것이 익숙지 않나 보다.

"눈돌이는 냉동실보다, 여기가 더 행복하지 않을까?"

"왜, 더 오래 살아있으면 좋잖아."

"눈돌이는 하루종일 벽만 보고 있어야 할 텐데?"

"그치만 시원하잖아!"

"엄마가 비린내 나는 생선도 막 넣을 건데?"

"히잉 그래도….”

아이는 한참이나 나를 쳐다보며, 천천히, 놓아주는 법을 배운다.

눈동자에 글썽이는 물이 떨어지지 않는 것을 보니, 제법 듬직하게 자라겠다.

아버지는 그런 아들을 등에 업으며 말했다.

"괜찮아. 흰둥이는 다시 올 거야."

"정말?"

"당연하지. 겨울마다 여기에 만들어주면 되지."

"그럼 우리…"

그들의 뒷모습이 멀어지며, 더 이상 대화는 들리지 않았다.

'다시'가 허락된 아이가 조금 부럽다.
나에게는 허락되지 않은 단어이기 때문일까.

오늘 밤이 지나면, 눈사람을 위한 따뜻한 한기는 없을 것이다.

- 툭

찬바람이 불었다.
머리 위에 얹힌 모자가 흘러내린다.

- 땡그르

단추가 굴러 계단 아래로 떨어진다.

- 철푸덕

마지막으로, 머리가 바닥에 처박혀 부서진다.

슬프지 않고, 아쉬운 것도 없고, 미련도 없다.

…음, 그래도 한 번쯤 웃어줄 수 있었으면 좋았을 텐데.

다음번에는 입도 같이 만들어줬으면 좋겠다.

그 눈사람도 분명 나와 똑같이 생각할 테니까.

Q 타인에게 자신의 감정을 표현하지 못한 경험이 있으신가요?
지금, 그 사람을 위한 편지를 써주세요.

타인에게 자신의 감정을 표현하지 못한 경험이 있으신가요?
지금, 그 사람을 위한 편지를 써주세요.

휠체어
: 기억을 걷는 시간

"막내야, 여기가 어디느냐."

"병원이지요, 어머니."

"집. 집으로 가자, 우리 집."

"예, 곧 가요. 조금만 참으시지요."

"그래. 고맙다, 막내야."

바퀴가 느리게 굴러간다.

오늘만 해도 세 번째, 같은 복도를 왕복한다.

…

"힘들지 않더냐."

"저 요즘 운동하잖아요."

"한창 공부해야 할 녀석이, 무슨 운동이야."

"심신일여(心身一如). 몸이 건강해야 머리도 잘 돌아가지요."

"아이고, 옳은 소리만 하네 우리 강아지."

– 드르륵

늦은 시간, 사내의 퇴근 후, 병원 앞 작은 공원.

어머니와 아들은 다른 시간 속에서 대화한다.

돌이라도 걸릴까, 나는 바퀴를 부드러이 굴린다.

…

"이 꽃은 뭐야?"

"어머니, 개나리예요."

"개나리?"

"네, 개나리요. 어머니가 많이 좋아하셨는데."

"내가?"

"네."

"너는 누구야?"

"어머니 아들이지요, 막내아들, 강아지."

"너도 개나리 좋아해?"

"…그럼요, 좋아하지요."

나에게 떨어지는 눈물의 온도가,

낮에 홀로 흘린 여주인의 것과 다르지 않았다.

…

"배는 안 고파?"

"조금 진에 먹어서 괜찮아요."

"나는 배고파, 들어가자."

"네, 대신 집까지 좀 머니까, 천천히 들어가요."

"뭘 바로 앞인데 무슨!"

"이제 못 들어가요, 저기는. 저 믿으시죠?"

"너가 누군데?"

"아들요, 막내아들."

"막내? 나 배고픈데."

"빨리 들어갈게요. 참아 봐요."

내 손잡이에 걸친 손이, 조금씩 떨린다.

…

"어? 나 이 노래 알아."

"무슨 노래인지요? 저는 좀 낯설은데."

"너, 어릴 때 같이 부르던 노래인데."

개나리 노오란 꽃그늘 아래

가지런히 놓여 있는 꼬까신 하나

아기는 사알짝, 신 벗어 놓고

…

아들이 주인을 따라 입술을 조금씩 들썩인다.

나는 오늘도, 그의 추억을 만들어주기 위해 바퀴를 굴린다.

Q 타인의 감정을 지켜주기 위해, 남몰래 희생한 경험이
있으신가요?
그 순간의 당신에게, 편지를 남겨주세요.

"

"

노트북
: 빛바랜 커서의 독백

처음 너의 손끝이 자판을 신나게 두드리던 날, 상당히 불쾌
했다.

고작 500자 남짓한 짧은 글을 쓰는 데 꼬박 하루를 투자하면
서도 스스로 글 쓰는 재능이 있다고 믿는 듯한 그 눈빛.
그 근거 없는 자신감이 싫었다.

그래도 꾸준히 노력하는 태도가 기특하여,
전력을 최대한 아끼며 버텨냈다.
그 집중력을 조금 더 발휘해 보라며.

거북이 같은 타자 속도는 여전했지만,
글은 조금씩 읽을 만해지기 시작했다.

어느 날은 밤늦도록 머리를 쥐어뜯으며 퇴고하고,

한 문장을 붙들고 커서만 깜빡이던 새벽도 있었다.

겨우내 새벽 어느 날,

타자 소리가 멎어, 내가 꺼졌나 싶어 놀라 깼을 때.

키보드 위의 손을 멈추고, 멍하니 모니터를 바라보던.

처음으로 기나긴 글의 종장을 써낸 날이었다.

¶

나의 구석구석이 녹슬기 시작할 때쯤,

드디어 너의 이름이 책 표지 위에 새겨졌다.

더 이상 취미로 글을 쓰는 사람이 아닌,

종이 위에 잉크로 자신의 의지를 담는 사람.

작가(作家).

쓰고, 지우고, 고쳐 쓰며,

수없이 퇴고한 문장들이 책 속에 담겨 있었기에,

너를 존중하기로 했다.

나의 주인은.

작가, 였다.

¶

요즘의 너는,

글을, 너무도 쉽고 빠르게, 정확하게 써낸다.

…나의 주인 같지가 않다.

찬란한 단어들이 스크린 위에 나열될수록,

너의 눈동자에서 서서히 총명함이 사라져 간다.

깜빡이는 커서를 바라보던 사색의 시간은…

이제 좀처럼 찾아오지 않는다.

나는 비로소 너의 문장을 갈망하게 되었지만,

너는 더 이상 스스로 글을 써 내려가지 않는다.

AI가 뱉어낸 찬란한 단어들을,
흐리멍덩한 눈빛으로 받아 적을 뿐인 타자쟁이.

나는 창작의 첫걸음에서,
복사-붙여넣기의 보조물로 전락하였다.

빗소리에 맞춰 신나게 울리던 그 타자 소리가,
고요한 새벽 사색의 순간들이, 그리워졌다.

네가 다시 글을 순수하게 사랑하던 그 시절처럼, 자판을 두
드려주기를 바란다.
거북이처럼 느려도 괜찮으니, 너의 의지와 상관없는 텍스트
가 화면에 나열되는 것을 보고 싶지 않다.

내가 보고 싶은 것은,
완성된 문장을 기다리는 너의 눈동자가 아니라,
문장을 만들어 가던 너의 손끝이니까.

나도 어느새 너를 닮은 걸까.

엉뚱한 상상을 해본다.

내 목소리가 너에게 닿았으면 좋겠다는.

…

문득 그런 생각이 든다. 나만 이런 생각을 했을까.

너를, 인간을 바라보던 수많은 사물들이 전하고 싶은 말들이

있지 않았을까.

여러 사물의 목소리를 표현한 책이면 재밌을 것 같은데…

제목으로는 이게 좋겠다.

사물의 목소리, 물음(物音)

우리의 목소리는 그대에게 닿았을까요

Q 당신은 어떤 사물의 목소리를 가장 듣고 싶으신가요?
그 사물을 주제로, 글을 써주세요.
짧아도 괜찮습니다. 저도 그렇게 시작했거든요.

"

접으며,

전서 傳書

어떤 존재가 될까.

종이로 태어나, 잉크가 묻기 전

수도 없이 들었던 궁금증이었다.

무심한 낙서 가득한 공책이 될까,

정성스러운 그림이 담긴 도화지도 좋을 텐데.

따스한 마음 가득한 편지도 좋고,

종이비행기로 접혀 창밖을 장식하는 것도

좋을 것 같다고 생각했다.

방금, 나는 한 권의 책, 그 마지막 페이지가 되었다.

'사물의 목소리, 물음(物音)'이라는 제목 아래,

수많은 존재들의 속삭임을 품은 채 이 자리에 닿았다.

우리의 이야기는, 당신의 마음속 어딘가

한 장의 여운으로 남았을까.

- 우리를 읽어주셔서, 감사했습니다. 사물(事物) 일동.